# Vente du Samedi 21 Janvier 1865

## OEUVRES
## DE M. CORDIER, SCULPTEUR

# STATUES

## BUSTES, STATUETTES & MÉDAILLONS

### EN MARBRE, BRONZE & ONYX

*Bronze argenté, doré, émaillé, Terre cuite, etc.*

Exposition particulière, le Jeudi 19 Janvier (de deux à cinq heures)

Exposition publique, le Vendredi 20 Janvier (de une à cinq heures)

Mᵉ Ch. PILLET, Commissaire-Priseur

M. Francis PETIT, Expert

PARIS IMPRIMERIE DE PILLET FILS AINÉ

5, RUE DES GRANDS-AUGUSTINS.

# CATALOGUE

DE

# STATUES

## BUSTES

### STATUETTES & MÉDAILLONS

**en Marbre, Bronze et Onyx, Bronze argenté, doré, émaillé,
Terre cuite, etc.**

## ŒUVRES DE M. CORDIER, SCULPTEUR

DONT LA VENTE AURA LIEU

## HOTEL DROUOT, SALLE N° 5

## Le Samedi 21 Janvier 1865

À 2 HEURES 1/2 PRÉCISES

---

Par le ministère de Mᵉ **CHARLES PILLET**, Commissaire-Priseur,
rue de Choiseul, n° 11,

Assisté de M. Francis **PETIT**, Expert, rue de Provence, 43,

*Chez lesquels se distribue le présent Catalogue.*

---

### EXPOSITION PARTICULIÈRE

Le Jeudi 19 Janvier 1865, de deux heures à cinq heures.

### EXPOSITION PUBLIQUE

Le Vendredi 20 Janvier 1865, de une heure à cinq heures.

# CONDITIONS DE LA VENTE

Elle sera faite au comptant.

Les adjudicataires payeront *cinq pour cent* en sus des enchères, applicables aux frais.

---

Paris. — Imprimerie de Pillet fils aîné, rue des Grands-Augustins, 5.

# STATUES

**1 — La belle Gallinara, jeune fille romaine.** —

Figure debout.

Statue en marbre de Carrare.

( Haut., 1 mètre 45 cent. )

**2 — Jeune Enfant kabyle tenant une branche char-**
**gée d'oranges.**

Figure debout.

Statue en onyx et bronze, avec parties dorées.

Haut., 1 mètre 10 cent.

### 3 — Femme arabe.

Figure debout.

Statue formant torchère, en onyx et bronze, argent oxydé, boucles d'oreilles émaillées.

Haut., 1 mètre 80 cent.

**4** — Piédestal de cette Statue en porphyre granitique des Vosges rose et vert.

Haut., 85 cent.

### 5 — Muse tenant une lyre.

Figure debout.

Statue en marbre.

Haut., 1 mètre 70 cent.

Le corps drapé de cette statue est antique et entièrement en marbre bleu turquin.

La tête et les extrémités sont en marbre de Carrare, sculptées et ajustées par M. CORDIER.

# STATUETTES

**6 — Garibaldi.**

Statuette équestre en bronze simple.

Haut., 60 cent.

**7 — La belle Gallinara, jeune fille romaine.**

Figure debout.

Statuette en bronze argenté et doré.

Haut., 65 cent.

**8 — Même figure.**

Statuette en bronze simple.

**9 — Jeune Enfant kabyle tenant une branche char-gée d'oranges.**

Figure debout.

Statuette en bronze simple.

Haut., 16 cent.

**10 -- Femme juive d'Alger.**

Figure debout.

Statuette en bronze ciselé, émaillé.

Haut., 21 cent.

**11 — Même figure.**

Statuette en bronze ciselé, argent oxydé.

**12 — Même figure.**

Statuette en bronze simple.

**13 -- Femme mauresque d'Alger.**

Figure debout.

Statuette en bronze ciselé, émaillé.

Haut., 21 cent.

**14 — Même figure.**

Statuette en bronze ciselé, argent oxydé.

**15 — Même figure.**

Statuette en bronze simple.

**16 — Musicien maure d'Alger.**

Figure assise.

Statuette en bronze ciselé, émaillé.

Haut., 30 cent.

**17 — Même figure.**

Statuette en bronze ciselé, argent oxydé.

**18 — Même figure.**

Statuette en bronze simple.

**19 — Fileuse, femme des îles de l'Archipel.**

Figure assise.

Statuette en bronze simple.

Haut., 50 cent.

**20 — Fileuse, femme grecque de l'Acarnanie.**

Figure debout.

Statuette en bronze simple.

Haut., 50 cent.

# BUSTES.

**21 — Chinois.**

Figure à mi-corps avec ornementation chinoise. — Bronze émaillé et doré.

Haut., 90 cent.

**22 — Chinoise.**

Figures à mi-corps avec ornementation chinoise. — Bronze émaillé et doré.

Haut., 90 cent.

**23 — Chinois.**

Buste réduction, en bronze argenté et doré (or vierge).

Haut., 35 cent.

Piédestal rond en onyx.

Haut., 17 cent.

**24 — Chinoise.**

Buste réduction, en bronze argenté et doré (or vierge).

Haut., 35 cent.

Piédestal rond en onyx.

Haut., 17 cent.

**25 — Femme mauresque chantant.**

Buste en marbre légèrement coloré.

Haut., **70 cent.**

**26 — Même figure.**

Buste réduction, en bronze argenté et doré.

Haut., **45 cent.**

**27 — Même figure.**

Buste réduction, en bronze simple.

**28 — Femme grecque.**

Buste en marbre de Paros et onyx, ornements en rouge antique. Piédouche en bleu turquin.

Haut., **82 cent.**

**29 — Femme arabe.**

Buste en marbre de Paros et onyx, collier en rouge antique. Piédouche en bleu turquin.

Haut., **82 cent.**

**30 — Bacchante.**

Buste en marbre grec de Tinos. Piédouche en marbre noir.

Haut., 80 cent.

**31 — Napolitaine des Abruzzes.**

Buste en marbre de Carrare.

Haut., 70 cent.

**32 — Jeune Fille des environs de Rome.**

Buste en marbre de Carrare.

Haut., 70 cent.

**33 — Jeune Fille grecque.**

Buste en marbre de Paros.

Haut., 60 cent.

**34 — La Rose anglaise.**

Buste en marbre de Carrare.

Haut., 65 cent.

**35 — La Française.**

Buste en marbre de Carrare, avec parties dorées.

Haut., 65 cent.

**36 — Enfant arabe.**

Buste en marbre blanc d'Afrique. Piédouche en onyx.

Haut., 48 cent.

**37 — Jeune Fille de l'île de Paros.**

Buste en marbre grec de Paros. Piédouche en onyx.

Haut., 48 cent.

**38 — Juive d'Alger.**

Buste en onyx et bronze ciselé émaillé avec parties argentées et dorées. Piédouche en porphyre de Finlande.

Haut., 90 cent.

**39 — Capresse ou Négresse des Colonies.**

Buste onyx et bronze ciselé argent oxydé, avec parties
dorées; boucles d'oreilles émaillées. Piédouche en porphyre des Vosges.

Haut., 95 cent.

**40 — Nègre du Soudan.**

> Buste onyx et bronze argent oxydé. Piédouche en porphyre des Vosges.

> Haut., 95 cent.

**41 — Deux Gaînes. Style Louis XIV.**

> Ces deux gaînes, dessinées par Rossigneux, sont de différents marbres choisis et avec ornementation de bronze.

**42 — Nègre du Soudan.**

> Buste réduction, en bronze argent oxydé.

> Haut., 40 cent.

**43 — Capresse ou Négresse des Colonies.**

> Buste réduction, en bronze argent oxydé.

> Haut., 40 cent.

**44 — Nègre nubien.**

> Buste en bronze. Les nus sont argent oxydé et les draperies argent mat.

> Haut., 85 cent.

**45 — Négresse nubienne.**

Buste en bronze. Les nus sont argent oxydé et les draperies argent mat.

Haut., 85 cent.

**46 — Nègre nubien.**

Buste réduction, en bronze simple.

Haut., 40 cent.

**47 — Négresse nubienne.**

Buste réduction, en bronze simple.

Haut., 40 cent.

**48 — Femme mauresque noire.**

Buste en bronze, avec parties argentées et dorées; boucles d'oreilles émaillées. Les nus sont argent oxydé.

Haut., 75 cent.

**49 — Mulâtresse.**

Buste en bronze, épreuve unique. Piédouche en porphyre vert.

Haut., 78 cent.

## 50 — Femme mauresque.

Buste en terre cuite.

Haut., 45 cent.


## 51 — Le Printemps; tête de jeune Fille.

Buste en terre cuite.

Haut., 50 cent.

# MÉDAILLONS

**52 — Type de Femme grecque.**

Médaillon haut-relief en marbre de Carrare, encadré de bois de chêne et de forme carrée.

Haut., 45 cent.

**53 — Autre type de Femme grecque.**

Médaillon haut-relief en marbre de Carrare, encadré de bois de chêne et de forme carrée.

Haut., 45 cent.

**54 — Autre type de Femme grecque.**

Médaillon haut-relief en marbre de Carrare, encadré de bois de chêne et de forme ronde.

Haut., 45 cent.

**55 — Type de Femme du Morvan.**

Médaillon haut-relief en marbre de Carrare, encadré de bois de chêne et de forme ronde.

Haut., 45 cent.

## 56 — Le Palycare Hadji Pétros.

Médaillon haut-relief en bronze, encadré de bois de chêne et de forme ronde.

Haut.. 60 cent.

## 57 — Tête de Femme.

Masque pour fontaine en bronze simple.

Haut., 40 cent.

## 58 — Main de Femme.

Marbre de Carrare, onyx et Portor.

**Statues, Bustes, Statuettes.**

ŒUVRES DE M. CORDIER, SCULPTEUR.

Vente du 21 janvier 1865.

*Me Charles Pillet*, commissaire-priseur;
M. *Francis Petit*, expert.

### STATUES

1 — La belle Gallinara, jeune fille romaine. Figure debout. Statue en marbre de Carrare. Haut. 1 m. 45 c. — 4,100 fr.

2 — Jeune enfant kabyle tenant une branche chargée d'oranges. Figure debout. Statue en onyx et bronze, avec parties dorées. Haut. 1 m. 40 c. — 3,000 fr., à M. de Pommereux.

3 — Femme arabe. Figure debout. Statue formant torchère, en onyx et bronze, argent oxydé, boucles d'oreilles émaillées. Haut. 1 m. 30 c. — 6,825 fr., à M. le duc de Morny.

4 — Piédestal de cette statue en porphyre granitique des Vosges rose et vert. Haut. 85 c. — 420 fr.

5 — Muse tenant une lyre. Figure debout. Statue en marbre. Haut. 1 m. 70 c. — 550 fr.

Le corps drapé de cette statue est antique et entièrement en marbre bleu turquin. La tête et les extrémités sont en marbre de Carrare, sculptées et ajustées par M. Cordier.

### STATUETTES

6 — Garibaldi. Statuette équestre en bronze simple. — 400 fr.

7 — La belle Gallinara, jeune fille romaine. Figure debout. Statuette en bronze argenté et doré. — 525 fr., à M. Azévedo.

8 — Même figure. Statuette en bronze simple. — 480 fr.

9 — Jeune enfant kabyle tenant une branche chargée d'oranges. Figure debout. Statuette en bronze simple. — 200 fr.

10 — Femme juive d'Alger.

13 — Femme mauresque d'Alger. Les deux, 455 fr.

Figures debout. Statuettes en bronze ciselé, émaillé.

14 — Même figure. Statuette en bronze ciselé, argent oxydé. — 365 fr.

15 — Même figure. Statuette en bronze simple. — 135 fr.

16 — Musicien maure d'Alger. Figure assise; statuette en bronze ciselé, émaillé. — 255 fr.

17 — Même figure. Statuette en bronze ciselé, argent oxydé. — 225 fr.

18 — Même figure. Statuette en bronze simple. — 125 fr.

19 — Fileuse, femme des îles de l'Archipel. Figure assise. Statuette en bronze simple. — 300 fr.

20 — Fileuse, femme grecque de l'Acarnanie. Figure debout. Statuette en bronze simple. — 270 fr.

### BUSTES

21 — Chinois.

22 — Chinoise.

Figures à mi-corps avec ornementation chinoise. Bronze émaillé et doré. Haut. 90 c.

Les deux 4,500 fr.

23 — Chinois.

24 — Chinoise.

Bustes réduction, en bronze argenté et doré (or vierge) Haut. 35 c. Piédestaux ronds en onyx.

Les deux 510 fr.

25 — Femme mauresque chantant. Buste en marbre légèrement coloré. — 2,150 fr.

26 — Même figure. Buste réduction, en bronze argenté et doré. — 350 fr.

27 — Même figure. Buste réduction, en bronze simple. — 245 fr.

28 — Femme grecque. Buste en marbre de Paros et onyx, ornements en rouge antique. — 1,400 fr.

29 — Femme arabe. Buste en marbre de Paros et onyx, collier en rouge antique. — 1,220 fr.

30 — Bacchante. Buste en marbre grec de Tinos. — 1,620 fr.

31. — Napolitaine des Abruzzes. Buste en marbre de Carrare. — 1,500 fr.

32 — Jeune fille des environs de Rome. — Buste en marbre de Carrare. — 1,210 fr.

33 — Jeune fille grecque. — Buste en marbre de Paros. — 1,060 fr.

34 — La Rose anglaise. Buste en marbre de Carrare. — 2,000 fr.

35 — La Française. Buste en marbre de Carrare, avec parties dorées. — 2,080 fr.

36 — Enfant arabe. Buste en marbre blanc d'Afrique. — 630 fr.

37 — Jeune fille de l'île de Paros. Buste en marbre grec de Paros. — 480 fr.

38 — Juive d'Alger. Buste en onyx et bronze ciselé émaillé avec parties argentées et dorées. — 3,800 fr.

39 — Capresse ou négresse des colonies. Buste onyx et bronze ciselé argent oxydé, avec parties dorées; boucles d'oreilles émaillées.

40 — Nègre du Soudan. Buste onyx et bronze argent oxydé. Haut. 95 c.

41 — Deux Gaines, style Louis XIV, dessinées par Rossigneux.

Les trois 5,800 fr.

42 — Nègre du Soudan.

43 — Capresse ou négresse des colonies.

Bustes réductions, en bronze argent oxydé. Haut. 40 c.

Les deux 640 fr.

44 — Nègre nubien.

45 — Négresse nubienne.

Bustes en bronze; les nus en argent oxydé et les draperies argent mat. Haut. 85 c.

Les deux 3,000 fr.

46 — Nègre nubien.

47 — Négresse nubienne.

Bustes réduction, en bronze simple. Haut 40 c.

Les deux 420 fr.

48 — Femme mauresque noire. Buste en bronze, avec parties argentées et dorées; boucles d'oreilles émaillées. Les nus en argent oxydé. — 1,100 fr.

49 — Mulâtresse. Buste en bronze, épreuve unique. — 480 fr.

51 — Le Printemps; tête de jeune fille. Buste en terre cuite. — 240 fr.

### MÉDAILLONS

52 — Type de femme grecque. Médaillon haut-relief en marbre de Carrare. — 162 fr.

53 — Autre type de femme grecque. — 175 francs.

56 — Le Palycare Hadji Pétros. Médaillon haut-relief en bronze. — 165 fr.

G. FRANCHEMONT.

LE MERCREDI 25 JANVIER 1865

### COLLECTION
## D'AQUARELLES

dessins et pastels de l'école moderne.
VENTE à l'hôtel Drouot, salle n° 3.
*Le mercredi 25 janvier 1865*, à 2 heures précises.

M⁰ **Ch. PILLET**, commissaire-priseur, rue de Choiseul, 11, assisté de M. **BARRE**, 7, rue de la Boule-Rouge.
EXPOSTIION PUBLIQUE aujourd'hui, de 1 à 5 h. (Voir le catalogue).

---

LE JEUDI 26 JANVIER 1865.

# TABLEAUX ANCIENS

OEuvres de : Terburg, Metzu, Lingelback, Weenix, Hobbema, Moucheron, Poelemburg, Teniers, Van-Bergen, Crayer, Franck, Van Helmont, D. De Heem, Jean de Cologne, Lecœur, Guide, Pelegret, etc.
VENTE à l'hôtel Drouot, salle n° 5.
*Le jeudi 26 janvier 1865*, à 2 heures.
M⁰ **Ch. PILLET**, commissaire-priseur, rue de Choiseul, 11, assisté de M. **HORSIN-DÉON**, peintre, 1, rue Chabanais. (Voir le catalogue.)
EXPOSITION PUBLIQUE le mercredi 25 janvier, de 1 heure à 5 heures.

---

LE VENDREDI 27 JANVIER 1865

### JOLIE RÉUNION
# D'OBJETS DE LA CHINE

Emaux cloisonnés, parmi lesquels on remarque six pièces ornées de divinités, provenant d'une pagode; émaux peints de la Chine, coupes et flacons, tabatières en agate orientale, roches en lapis-lazzuli, cassolette en bronze damasqiné d'argent, cinq tam-tam, *vases, cassolettes, coupes, plateaux, etc., en céladon bleu turquoise et en porcelaine de Chine à décors émaillés, etc., etc.*; objets variés.
VENTE à l'hôtel Drouot, salle n° 1.
*Le vendredi 27 janvier 1865*, à 2 heures.
M⁰ **Ch. PILLET**, commissaire-priseur, rue de Choiseul, 11, assisté de MM. **MANNHEIM**, experts, rue de la Paix, 10.
EXPOSITION PUBLIQUE le jeudi 26 janvier 1865, de 1 heure à 5 heures. (Voir le catalogue.)

---

LE VENDREDI 27 JANVIER 1865

### COLLECTION DE
# TABLEAUX ANCIENS

des écoles italienne, espagnole, flamande et française.
VENTE à l'hôtel Drouot, salle n. 4.
*Le vendredi 27 janvier 1865*, à 1 heure 1/2.
M⁰ **ESCRIBE**, commissaire-priseur, rue Saint-Honoré, 217, assisté de M. **HORSIN-DÉON**, expert, rue Chabanais, 1, chez lesquels se délivre le catalogue.
EXPOSITION PUBLIQUE le jeudi 26 Janvier de 1 heure à 5 heures.

---

LE SAMEDI 28 JANVIER 1865.

### BELLE RÉUNION DE
# FAIENCES FRANÇAISES

des fabriques de Rouen, de Moustiers et autres; très belles tapisseries des Gobelins, armes anciennes, BIJOUX, chinoiseries, bronzes d'ameublement, porcelaines anciennes de la Chine et du Japon, MEUBLES anciens en bois sculpté, meuble de salon couvert en tapisserie, objets variés, provenant de la collection de M. C. M. du B**.
VENTE à l'hôtel Drouot, salle n. 5.
*Le samedi 28 janvier 1865*, à 2 heures.
M⁰ **Ch. PILLET**, commissaire-priseur, rue

---

du XI⁰ siècle et quelques autres livres.
VENTE rue des Bons-Enfants, 28.
*Le lundi 30 janvier* 1865, à 9 heures précises du soir.
M⁰⁰ **COUTARD** et **DELBERGUE-CORMONT**, commissaires-priseurs, M. **POTIER**, expert.

---

LE MARDI 31 JANVIER 1865

### COLLECTION DE
# TABLEAUX ANCIENS

VENTE à l'hôtel Drouot, salle n° 5
*Le mardi 31 janvier 1865*, à 2 heures.
M⁰ **Ch. PILLET**, commissaire-priseur, 11, rue de Choiseul, assisté de M. **BRUANT**, expert, rue Fléchier, 2.
EXPOSITION PUBLIQUE le lundi 30 janvier 1865. (Voir le catalogue).

---

## Libraires.

—

**AUG. AUBRY**, Libraire-expert, rue Dauphine, n° 16. — Assortiment de plus de 80,000 volumes anciens et modernes. — Livres rares et curieux. — Provinces de France. — Noblesse, blason, — archéologie, — numismatique et autres.

---

**AUGUSTE FONTAINE**, LIVRES RARES ET DE LUXE, 35 et 36, passage des Panoramas et galerie de la Bourse, 1 et 10.

---

**POTIER**, LIBRAIRE, 9, quai Malaquais.

---

**Vᵛᴱ RENOUARD**, 6, rue de Tournon.

---

**TECHENER**, libraire-expert, 52, rue de l'Arbre-Sec.

---

**TROSS**, LIBRAIRIE ancienne, 52, rue Nve-des-Petits-Champs.

---

## EURÉKA-CHARPENTIER.

SICCATIF **incolore** pour remplacer l'huile et le vernis. — 2 fr. le flacon, rue Richelieu, n° 38.

www.ingramcontent.com/pod-product-compliance
Lightning Source LLC
LaVergne TN
LVHW011456170726
843501LV00009B/3456